Rike Scheffler

Lava. Rituale

1

UNBESTIMMTE ZEIT

to do

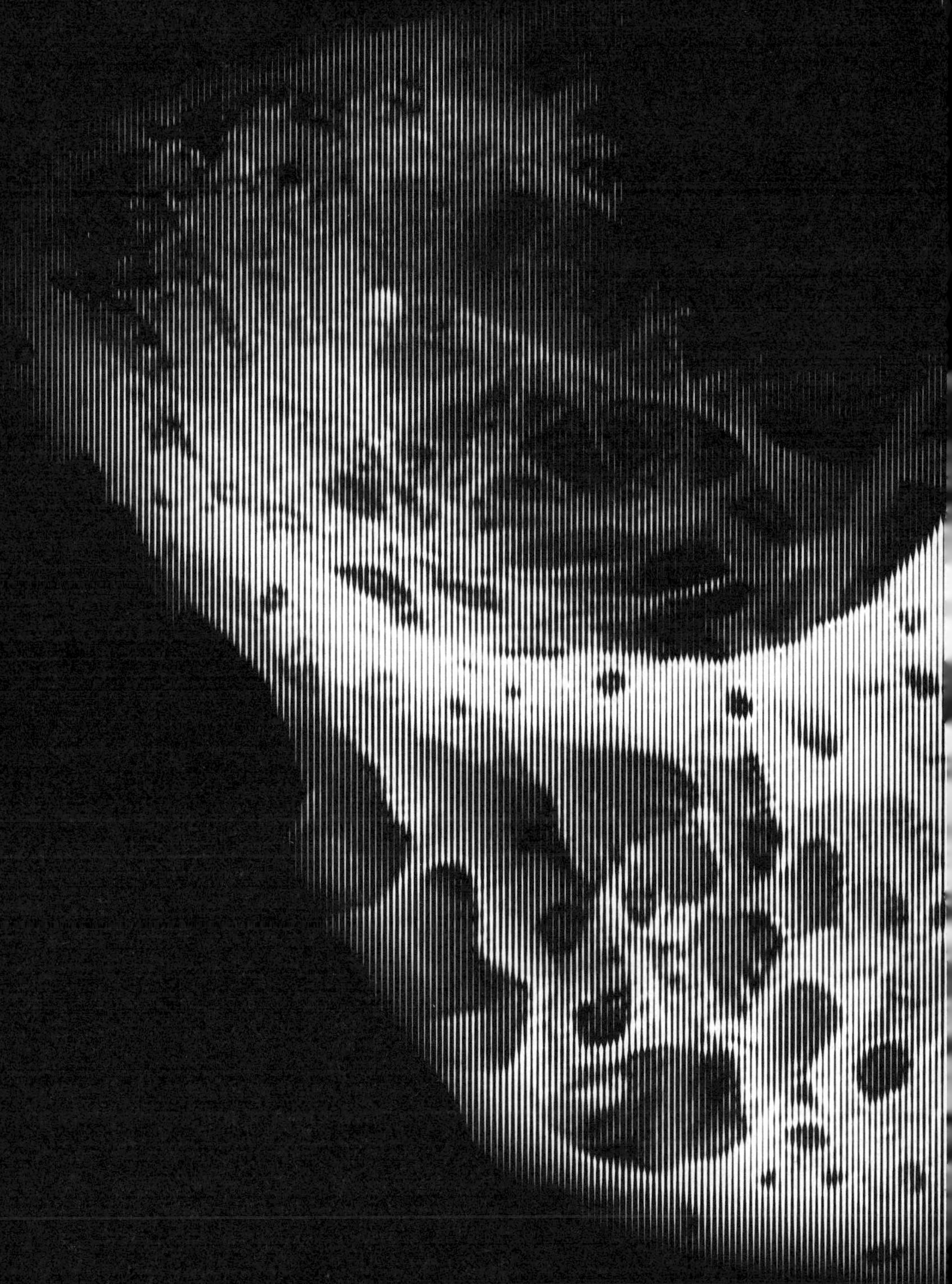

The sentence is at once a map of where we have gone and where we wish to go.

RENEE GLADMAN

to do

einen Ort finden
zwischen Kissen

Knochen, Stockwerken
Türrahmen auch

ein leeres weißes Treppenhaus,
in das wir einziehen

Brust an Bauch
die fremden Galaxien

dieses eine Lieben
älter als wir

2

SPÄTES 20. JAHRHUNDERT

kleine
Energien

We are like lichens. We are never really ourselves, until we come together.

SCOTT F. GILBERT

9

dunkel horchen Tiere
Satelliten, kleine Elegien

fahren Felder wie Traumfresser
Zahnreihen ab

Bäume, die als Blutgefäße
in den Himmel reichen

im Nebel enden wollen
am Morgen

Brustblumen, vernarbte Eichen —
die Erde mit Steinen im Arm

krakenartig, wie unter Wasser
die Maße ahnen

schwarze Kronen, das Größte

bei Sonne
reckt Holz sich vom Giebel —

Gräben tragen seit Jahren schon
niemand;

wo Erde rötlich ist, weich

von Störchen
erst Schatten, dann Gewicht

ihr Flug vom Schnabelklappern
aufgeraut, durch Äcker —

duckst dich, singst

der Wind ist schön,
weil er frei ist von Absicht

kein Mensch

könnte fassen,
wie er durch den Wald geht

egal wer hier hinhört

Krallen, Härchen
Wimpern, Bauch

er geht

wieder und wieder durch
uns durch

13

Baumstämme, Blauwale, die knarzen
im Dickicht ihrer Augen

Astlöcher atmen
in den Furchen Haut

Blasslila Raps, Habichte, Krähen —
dass Gestirne sich biegen

unter Sternen
du scherst umsichtig aus

wie du gegen Wurzeln schläfst,
um anzudeuten

dass genug Platz sei, für alle
gelassen steigt Nacht

in Sternbilder, sterbliche

Castor und Pollux;
Ruhe, stille Wut

15

unsichtbarer Fluss
leuchtet von Weitem

fahren Schiffe durchs Land
PolizistInnen mit Turnschuhen

Kühlrippen —
du scharrst, als wärst du

ein Schwan oder ein Seidenreiher
Grasbüschel schlingend

Koralle,
zersprengt auf Asphalt

es soll alles echt aussehen,
im Kern des Dorfs versammelt

der Spieltrieb Blätter
Ewigkeit, ein Apfel

Plutonium, noch kleiner,
Apfelsinchen

des schrecklichen Anfangs;
Lichterketten

geräumte Flächen
für ein Fest, das nicht ist

17

Rundlinge,

im Zentrum wummert
derselbe Muskel: Zunge und Herz

und bald alle einig
nicht mehr zu schweigen

hinter den Häusern
machen Wind und Licht

Gräser zu Gischt

3

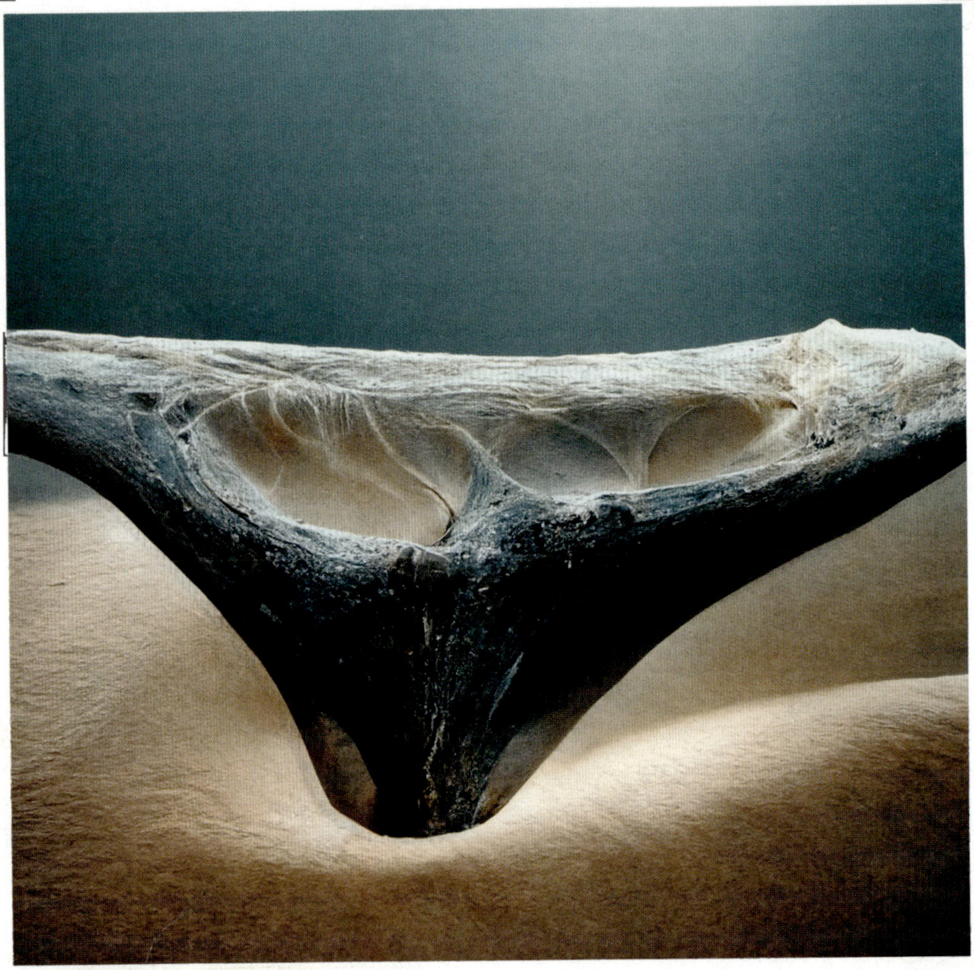

1. JAHRZEHNT 3. JAHRTAUSEND

Wasser werden, Wal

As if I had set out to speak for the glass of water by my side.

JULIEN J. BISMUTH

We – all of us on Terra – live in disturbing times, mixed-up times, troubling and turbid times. The task is to become capable, with each other in all of our bumptious kinds, of response, to become response-able (…) Our task is to make trouble, to stir up potent response to devastating events, as well as to settle troubled waters and rebuild quiet places.

DONNA J. HARAWAY

siwlkw she said is to remember this song is the way it is
the storm's way driving new wet earth down slippery slopes
to make fresh land the river's way heaving its full silt weight
crushing solid rock the tide's way smoothing old plates of stone
finally deciding for all the way of ice piled blue green layer
upon layer over eons sustaining this fragment of now …

JEANNETTE C. ARMSTRONG

Dass ich von Wasser sprechen kann,
Valenzen, Wünschen, nicht bloß feminin.

Dass es sich breitet nach allen Seiten,
mit leisem Zischen, springend in Dichte,

als Floß. Wie oft stand ich wortlos, wütend
durchlöchert von Klippen, kippenden Szenerien.

Unter mir ein dumpf-butternder Strom: Vater-und-Sohn.
Pfeifen in den Ohren, „los komm schon, spring!"

Ich also grimmig, mit blitzenden Fingern die Furchen,
Linien vorangetrieben, finsteren Blickes gerieben

die Innenseite meiner Hand.

Kein Tropfen soll fallen in Einsamkeit
von der Kante eines Tisches, Unterarms.

Weich sein heißt nicht einknicken.
Freiwillig sich hingeben,

stärker als Stein.

Dass ich in Wasser schreiben kann,

wie nach dem Absprung in Wellen,
hell sich kräuselnden Schlamm,

ohne abzuwägen: viel oder wenig Rosette, warm
oder kalt geworden zu Treibgut, Pussy Juice,

wabern an Küsten entlang.

Wind auf den Lippen, Meere aufsaugen
wie ihre Körper meinen Geruch.

Wie ich raubbaue, mich festbeiße,
aufschlage das Loch:

schwarz-schwarze Schrift trifft auf
Gischt auf milchige Haut

auf Sprache, Sandburgen von mir gebaut.

Dass ich Platz mache für Stimmen aus Wasser,
Fluten wie Unmut zwischen Zähnen

ein Grinsen, Sirenen, tapsende Zehen.
Wasser, das grenzenlos trotzt, kocht, tobt,

brodelnde Urmacht, die hört, wenn ich im Bass
mich erweiter. Wen schert Bestimmung,

Geschlechter von Walen, Tintenfischen und Seekühen
tanzen kraftvoll über Mündungen, eigennützige

Vulva schwillt in Dissonanzen, Allianz.

Schwimmübung.

Das Ausatmen von Wasser erfolgt
durch den Mund. Ebenso das Einatmen.

Mit verschiedenen Kopfstellungen können wir
den unterschiedlichen Widerstand beim Gleiten spüren.

Eine Form finden, episodisch, eine einfache Falte
im Gleichschlag des Wissens, als Ausdruck von Fitness, Überlebensskill.

Arm und Bein. Bein und Arm. Schwimmen mit Fäusten.
Schwimmen mit gespreizten Fingern. Und schwimmen mit Puddels.

Die Fersen so stark anziehen, dass Flossen, Hände berührt werden können.
Dass der Mensch nicht schwindet, Gesicht im Sand.

Methangas im Permafrost der Arktis,
durchlöcherte Krater, wo Boden war.

Ich bin die Robbe,
drop mir als Geste des Dankes Wasser

auf Haarkleid und Zunge.
Was man zu fassen bekommt, Medusa,

ist immer der Schatten
und nicht die Beute.

Tonnenweise tote Spiegel, Schilder.
Finger für Finger, abgehackt.

Mammals, Schaman*innen, Nicky Minaj.

Das Öffnen der Tamponverpackung
aus Plastik, Regentropfen auf Asphalt.

Beschrieben, Sedna, signified!

Die „Killer Cloud" über Island.

Ich erkenne mich selbst im Anderen, wir sind in diesem Punkt eins.

Endlich ruhige Bewegung. Schöpfung
bahnt sich durch Teilung. Bäche aus Blättern.

In manchen Sprachen ist Urwasser
dasselbe Wort wie Zwilling

das doppel-, mehrgesichtig
nicht aus der Umarmung anderen Wassers lassen will:

Erdinseln heraufgetaucht, Wasserschlangen, Drexciya, Fruchtwasser,
ein Mini-Ozean phylogenetischer Verfahren.

Eschen, Amphibien.
Ein Wiegenlied für Mütter, in einer Hütte gesungen.

Mehr Verwüstung.

Der Mythos, Kinder zu opfern,
um die Wasserreserven der Lagunen aufzufrischen.

Sie war in einem Prozess des Werdens,
Ritus, Urwald, der im Wasser ruht.

Moos im Magen, Meere im Blut. Quallen, Fische, Hunde weisen dieselben Salze
in beinahe der gleichen Zusammensetzung auf:

Kiemenbögen, Sintflut, Atlantis.

Sedimente im Gedächtnis,
synchron, zugleich: Symptom.

Haoma, Makara, ein Elixier:

siwlkw. [ʃi:wɔ:k]. [sea_walk]
[seal_walk]. [she_will_walk].

We will_

Dass sie aufgeht in Atomen von Wasser,
als Liederzyklus, myriadisch verbunden,

nicht mehr bloß Ich.

Warum noch heldenhaft festhalten an Speeren und Stöcken?

Als wäre sie all dies nicht längst gewesen:
Planeten, Schuld, Fabelwesen,

Regen,ˈreːgn̩,
ain ˈandərɐ pʊls

In jeder Zelle erkennt sie: Lamas, Hexen, Buddhas, Blutspuren,
das Quieken junger Delfine, Verwesung und toːt.

Datenströme in den Kniekehlen, Gameten,ˈtiːdən, Tragetaschen für Zeit.

Gemeinsam mit Wasser ist sie
Jahrhunderte Auswurf, bəˈgeːrən.

Will sie in diesen Netzen aufgehen,ˈhai̯lən —

als Phytoplankton_

ǀ ǀ p’ ǂ ǁ q

ˈɥːi ˈɥːi ˈɥːi ˈɥːːiç

ˈɥːi ǀ ˈɥːːːiç ˌɥːːːːːiˈːːɥ ǁ

ˌɥːːːːːiˈːːɥ p’p’ ǂ ˌkɥːːːːːiˈːːɥ x

ˈɥːːiɥ ç

ɥːːiˈç ǂ ǁ q

ç ˈːi

ç ˈːːːi

ɥːiːːiç ʃ

ç ʃ

Regen auf Wasser_

ʍw ʍw ʍw ʍh

fːːːui   p’   ɸːː   fːːːːːːu   ɠ

ɸːː ʃʂ   ʍ ʍw ʍw ʍw ʍh
ɧ ii

fːːːu   fːːi   fːːːːːː   ɸːː   ʃ

ɠ   p’ɠ

ʃʂ h

ɸːː   ʍ   ɸːː

ɧ ħ   ʍh ʍw ʍw ʍw ʍh

fːːi   ff

ɠ

brodelnder Schlamm_

ɧ::uh ʃʂ   ç   fɧ::::uhii   ɧç

ɸ::u   ffu:::::::ʃ:::   ʃ::ɬls:

ɸ::ufflfɬlfɬl   fɬ::::lfɬl   ff θɬ

fɬ::::l θɬθɬ θɬð ɸʃl:u   ɧç   fflflflllθɬ fl::θɬ θɬð θɬ θɬ:::   θɬ θɬç θɬ   ɸ::fl::θɬð θɬ sç

ɸ::u   ɸ::usʃ::ɬls::::::::

chu:ɧ

ʃ:ɬl

fɧ

4

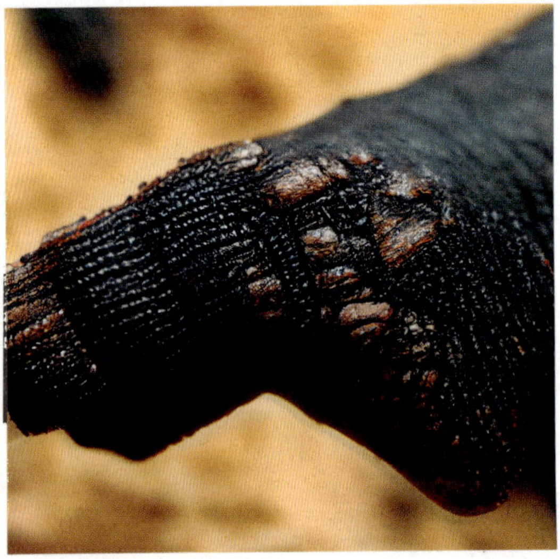

2100-2127

bergen

What is time, if not — activism.

FRED MOTEN

A new somatopolitical alliance is taking shape.
This is no longer a fantasy. This is not just a movement
for legal reform. It is a program for radical transformation.
The transfeminist antiracist revolution (...) it is growing.
Find your decolonized and depatriarchalized body.
Find out how to make it. It is a question of life and death,
youth and old age, sadness and joy.
It is where everything plays out.

PAUL B. PRECIADO

BERGEN

33

Ardhanari — zwei als eine Umarmung sich haltende
hinduistische Götter, überlebensgroß

— was haben sie gefunden

neben Solarflächen, Windkrafträdern
im eisernen Mondlicht: Bergwerke und Pyramiden —

Kadaver auf der Autobahn

äonenlang —
benagte Billboards, Has:nzähne

im Wind und Seitenspiegel der Traum
des Patenkindes Bened:kte —

alles taɪ̯lt zɪç: Äcker

Plastikstühle und Energie-Stationen
zum Schutz unter Bäume gestellt

— Bausätze eines Spielplatzes
der vom Vorbeifahren lebt

im Schlafbus kurbelt der Magen unruhig
— eine hellbraune Suppe, etwas Reis

um mich stottert die Nacht —
Bananenplantagen ohne AIs, Schweiß

und wie furchtlos singen die Aff:n

wie ich das weiße Gebetstuch in Tibet
das pinke Protesttuch in Singapur

das grüne in Argentinien —
über meinen Kontaktpunkt gezogen

und gezittert habe
— vor Notwendigkeit

angesichts der fluiden Hügelstaaten Guaraní
angesichts der Gatherings in Plu-Ling

das existiert bald nur noch
in uns — der Wunsch

nach einem Zeitalter von Elefant:n
ihrem Ritual —

sich um ein sterbendes Herdenmitglied zu versammeln
es mit Rüsseln anstupsen

im Versuch, das Wesen aufzurichten
wie ein Drehkreuz, Achse eines Planeten

den Leichnam schließlich mit Zweigen bedecken
um wiederkehren zu können an diesen Punkt —

womöglich mit einer Jenseitsvorstellung

*

waren die Meilen, die du gereist bist, ein fairer Handel?
hast du dem Boden gegeben, was du ihm nahmst?

ich höre, dass sie Segel einbüßen
— im Süden

Verletzte, Getreide vor Unwetter
eine Schiffsladung Schultern

eine Hülle Gefahr —

jeden Tag wuchs sie
war lang schon da

im Dunkeln, unter ˈfluːtn̩

höre an Küsten
Körper — Hände

verknoten, notbeatmen —

ich lerne, ein Boot begreift sich als Anker
Bedrohung aus Schilf

wie biegsam *weiße* Moral ist
am Kältepunkt — Europa

noch immer mit der Axt einfällt
jahrhundertelang, in ein anderes Land

allein will ich Singvögel schützen
noch — ist Gegenwart genug —

im Moment, als die Hitze einsetzt
sitzt mein Tampon richtig, liegt der Wald arrangiert

markiere den Raum —

richte den Blick auf die Rinde
bəˈryːrə

unzählige Male mit dem Zeigefinger den Daumen

heute gibt es keinen Ort mehr
an den ich mich führen kann —

außer vielleicht den krummschäftigen Stamm
der letzten Zirb:n entlang

— ich möchte von ihnen im Plural berichten
als gəˈliːptə —

ihre Blüten bergen
monözisch geriefte Triebe

ihren Duft in mir ˈhy:tn̩
und ˈkʏsn̩

— Wurzeln durchdringen Stein
spalten ihn auf, fassen ihn ein

*

was lässt sich bergen von Erden?
welche lebende Materie wird mit dir gehen?

dass ich ein Tierchen von vielen
dass jede Weisheit gering

steht geschrieben —
im Amarant

auf Wassermelonenlippen
auf fuchsigen Ohrmuscheln

im farblosen Fisch
im Schatten und Traum —

ist ein Zimmer, das ich nun verlass

wie ein kleinerer Fluss, der seinen Namen verliert
wenn er in einen größeren mündet —

der Missouri River wird zum Mississippi
der Rio Grande zum Parana

also beginne ich meine Liste:

Wälder bergen
brennende Wälder summend behüten —

etwas tun gegen Trümmer, verkohlte Fohlen
etwas sich Bückendes, Fürsorgliches, Liebevolles, Tröstendes

— unterlassen, quasi un-tun
was ich wohl nicht kann —

eine Handlung
die mein Ende herbeiführt

Kamillentee bergen
Kloßbrühe, einen Schoß —

Antikörper, lückenhaft das Alphabet
das ich meinem Nachwuchs zumute

— dass ich noch mit Augen glaube
statt mɪt deːn ˈtsɛlən deːɐ ˈhaʊ̯t —

streichle den Satz: beweg keine Steine
do not move stones

eilig bergen, was alle wissen:

da ist Blut unter den Nägeln
Verantwortung —

wohin mit dem Futter für den Hund

den Verpackungen
Imperative — sind konserviert

Wörter bergen wie „Gletscher“, „Nutztier“
„Turbo“ — und was sie bedeuten

ich — nun frenetisch sammelnd
archivierend —

der Winter verschwand nicht
der Winter starb aus

meine eigenen Finger

im Traum aus irgendeinem Grund von mir abgeschnitten
aufzuessen, einen nach dem anderen —

als Snack

der naive Wunsch
sie mögen nachwachsen —

erst als ˈklʊmpn̩
dann als frische Hand

*

wie verbringst du deine paar Tage?
ist sicher, wer benannt ist?

das Trinkwasser bergen —

die Seele, die ein Neumond ist
dessen Draufsicht auf den Globus

meine Zunge erden
die Resistenz, die Rebellion —

das Zeitvergehen so langsames Moos

bergen — wie jemand verschwindet
wenn si:er eine Faust macht —

die Tasche, die Schlinge, die Muschel
den Kürbis, die Logik, die Leere, das Rad

— kurz gesagt: was Zellfäden ermöglicht
Erzählung zu spinnen von Art zu Ort —

Energie von Haus zu Haut

ˈbɛrgn̩ — die Exoskelette dunkler Tiere
Heilkunden, Feminismus, Datenmagie

bergen — was ich nicht zurücklassen kann:

Maisstärke, Mycelien und Algen, die uns eine Weile lang hielten
unsere Städte zu beleuchten, verwalten —

Kristalle, Flechten und Mikroben

Rosenkohl und Pflanzendünger
Nährstoffkreisläufe, massenhaft Sauerstoff

Sapphos Fragmente

die Walzer von Ravel
und fast alles von Bach

meine Ablassbriefe für Plastik, geschreddert

eine verglaste Sandröhre, von der ich nie wusste
eine Lavalampe

ein Klavier 2 hz nach unten gestimmt
Hausschuhe der Größen 14 bis 47 1½

dann noch:

wie es ist, wenn draußen alles verschneit ist —
das Rauschen, das lockt, auf Wiesen zu gehen

das Rauschen, das nicht von den Lind:n kommt
sondern von den Waschanlagen dahinter

das Rauschen, das trotzdem beruhigt

das Rauschen einer auf die Schnelle aufgenommenen Nachricht —

die entschleunigte Verbeugung eines Ensembles nach einem gelungenen Stück
die Stille eines Publikums, in Wollsocken das unverschämte Glück

die Stille — während sich nichts um mich regt
Archaeen und Bakterien leise miteinander verschmelzen

— diese zähste Symbiose mit allem, was ich besitze, hochhalten —
wie wir uns umeinanderhüllen

in den DNAs von Wüsten, Krittern, Rhizomen und Städten
geschichtete Gewebe bilden, Entitäten, wie Tiere es tun

bergen — die Freiräume, aufgeblähten Nähte

von Bedeutung — aber auch Un-bedeutung, Un-atmen
Un-essen, Un-wollen, Un-fliegen, Un-kolonialisieren —

das L:eben, das mich richtet

das Lauschen mit der Haut, Leuchten, Nahsein
Verbinden, das uns niemand nimmt

den Schlamm —
ganz einfach, weil er da ist, ʃlam ist

Wasser, Regen, einen Bach, etwas Gerste bergen —

wieder den Fisch, s:eine kristallinen Gesten
samt s:eines Lieds vom Oktopus

ein Stück Brot bergen —
bergen, dass ich Brot „Brot“ nenne

Mais und Bohnen „eine Mahlzeit“
einen Kopf „voller Nüsse“

eine Brücke „einen Schritt“
einen Bauchnabel „zart“

Zuckerrohr „unseren Biokunststoff“
eine Nacht „schwarz“ —

bergen — das „Ich“

dass ich ein Frosch bin —
ich bin ein grausam sich selbst zerschmetternder Frosch

es ist dem Planeten egal
dass ich Sprache verwende

ihn zu beschreiten

— er wächst
über mich hinweg

bergen — selbst das dumme Ritual am Morgen
eine Kaffeemaschine zu füttern

sie gegen die Wand oder auf eine Flamme zu schieben

so, von hier an übernimmst du —

5

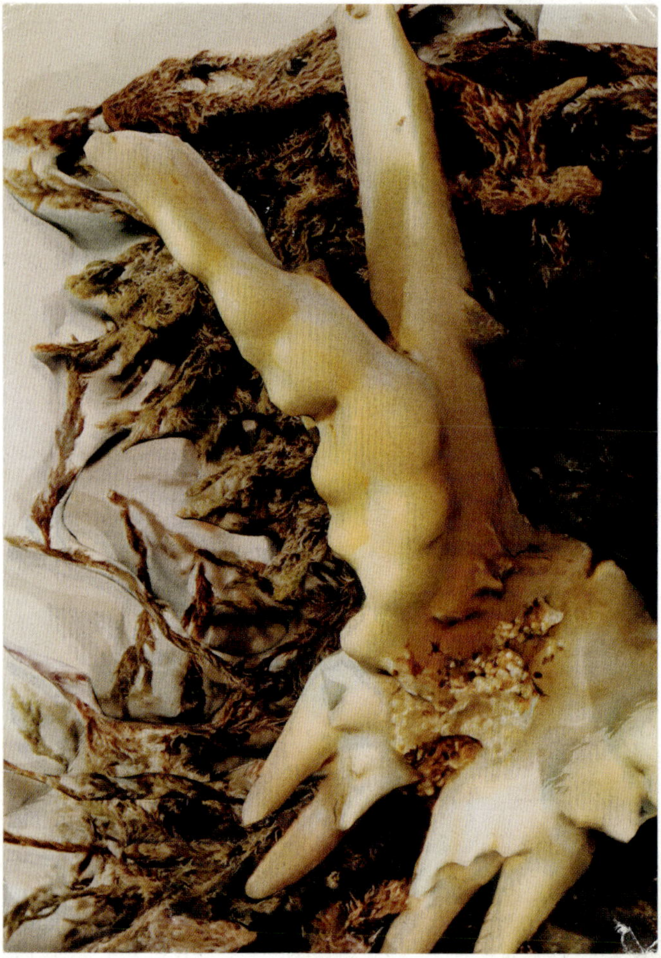

vom
doppelten
Tod

Staying alive — for every species — requires livable collaborations. Collaboration means working across difference, which leads to contamination. Without collaborations, we all die.

ANNA L. TSING

finger   überall   scheinbar fleischlose scheiben   mandarinen
haut hängt   hängt in fetzen   waldhänge   fluchtlinien im haar
w:ihr sind zu spät
verbrannte häute   kann kaum jemand nutzen
einsatz 84 südgrenze team 2

ich mach d:ihr hier ein kleines kreuz   d:ihse hier hat fieber
hitze puls steigend breitet sich aus   KI?   ◊zuallererst jungtiere kinder
und bedrohte stufe 4◊   w:ihr haben das doch geübt   ◊keine panik   bitte keine
panik◊   komisch das blut riecht wi   wie marzipan   wi metall   ◊keine zeit◊
w:ihr sind zu spät

ich mach d:ihr hier ein kleines kreuz   gleich kommt die ärzt:n und kümmert sich
ich mach d:ihr hier   ich mach d:ihr   ich mach i:hr hier   ein kleines kreuz
w:ihr   tsɛɐ̯ˈzɛtsn̩   noch so ein erdrutsch und   ◊keine zeit◊

am abhang   ◊rehe   rotkiefern   stümpfe fadenwürmer   ritterlinge◊
ein langes mitteldickes bein   w:ihr schaben uns aneinander   alle symbionten
wie schichten von rinde   noch ein erdrutsch und   ◊keine zeit das zu denken jetzt keine zeit◊
anstatt finger nabelschnüre   w:ihr sind zu spät   was ist das für eine klasse?   ◊camille7
zuallererst bitte kinder jungtiere und bedrohte stufe 4◊   d:ihse haben offene frakturen
◊unregelmäßige lichtplatte◊   milchig weißes fleisch   das gewebe kann nicht mehr

ich mache d:ihr hier ein kleines kreuz

auf die stirn ein klein   kleineskleines kreuz   mach d:ihr hier   ein kleines rot ein rot
ein kleines rot rot grün gelb ich mach euch hier   ein kleines kreuz   w:ihr wussten nicht
wie laut die hitze   feuer   es stimmt nicht   die hitze tötet nicht still
s:ih ist laut   doppelt so laut   m:ir wird übel   puls   gerinnsel
und taumelnd tun w:ihr so als ob im all   dieselbenbilder   immerwieder
krude jahresringe   ◊keine zeit das zudenken◊   weißweißweiß

gleich kommt   die ärzt:n   nbitte

ch

ich ma

6

CA. 2210

Ankunft, pastell

whole new world // pretend world

SOPHIE

Begin though, not with a continent or a country or a house,
but with the geography closest in — the body.
Here at least I know I exist.

ADRIENNE RICH

The future is queerness's domain.

JOSÉ ESTEBAN MUÑOZ

eine Reise auf einen Berg.
hungernde Ahnen, Umlaufbahnen —

mehr erzähle :ch nicht.

nach dem Transportschub,
als :ch aufwuchs, war es klar wie Tag.

am Rand der Kuppel wie erwartet Gedränge,
Trümmer, bisher aber Sensorik vital.

— m:ein Weg wurde für m:ch
durch m:eine Schwächen entschieden.

wo :ch bestehen kann,
umspanne :ch Begehren,

m:r kommt abhanden,
wohin es m:ch zieht.

Wolken lungern   und milchtief
unter der Kuppel   im Tal

liegt zzy,   von der alle träumen:
— ein Stück   originalgrüne, frühe Natur

erweitert   um leistungsstarke Projektionen
die Luft   — unmöglich —   simuliert ohne Glitch.

hier setzen von vorn an: Sprössl:nge, Blüten,
Hügel   grade groß genug zum Durchwandern.

m:ein Körper   noch fremd:e   in dieser Schwerkraft
taumelt vorwärts   fällt   wie Regen aufs Feld

öffne die Handflächen:
Kontroll- auf Kontaktpunkt

:ch I.D.e

und entkomm

rieche   Kreide. oder Pulver?
rieche   waldig, feuchten Duft

eingestellt, m:r den Übergang zu mildern?

draußen — pastell

:ch aber habe noch Kälber im Gehörgang,
Dröhnen.   die Augen   aufzerren,

dass diese Welt in zzy eindringt:
Mikroben. Medizin?

häng :ch?   als Kokon.   Arme und Beine
gepolstert   — so viel verloren —

auf m:einen Schultern schon neuer Flaum.
will m:r die Haut abziehen,   schlachten.

Fragen trommeln auf m:ch ein:

wo warst du, als die Welt in Schutz ging?
wie lang kanntest du keine Berührung?

:ch berichte nur so viel :ch muss.
bekomme   Wind   an die Seiten   m:ch zu besachten.

Winds Singsang — hell wie Muschelklacken
versteht m:eine Sprache   aus Zungen und Luft

es steckt Angst in allen Regeln,   Terror
in Erinnerung. Wind sagt m:r, :ch träume voll Blut.

seh noch immer yhre Gesichter
— kein Wesen kann zu nichts werden.

der Tod folgt m:r — uns?   wie ein Hund früher
der präverbalen Markierung   von Affirmation.

habe Angst, die Affirmation wandelt m:ch samt
meiner Trauer in etwas Fasriges — eine Tischpflanze

ohne viele Triebe. :ch stocke,
bekomme   — eine Art Logbuch?

Wind lockt —
immer hinein in Zerfall, Transformation

Mulden   in fleischigen Schuhen lernen
mit dem eignen Gewicht   eine Richtung zu entwickeln.

Augenfelder routieren,   im Logbuch las :ch gestern:
zzy werden mit zunehmender Gewöhnung hell —

später erst werd :ch richtig wach. erkenne

in Winds Lachfalten   Furchen der Venus
in m:einem Stirnrunzeln   Deltastrukturen des Mars

— eine beachtliche Ankunft, bemerkenswerte Adaption?
kann die Geräte gut lesen.   säe trotzdem Zweifel.

Wind fängt.

draußen empfangen m:ch Gräser, milde Thetawellen.
endlich kann :ch die Fühler aufladen, strecken

— ungelenk in m:einer Freiheit
ohne Stütze zu atmen   will :ch m:ch festhalten

an Obstbäumen und kniehohen Magnolien.
yhre stets gleichen,   täuschend echten   Probeflächen

glitzern,   lassen m:ch stumm einen Frühling platzieren

Wochen schon schwimm :ch — will umgeben sein.
werd :ch je begreifen, ob in Wind   L:ben   liegt?

deren Berührungen   Orte   überall zu finden

Wind   sammelt Fußkettchen   auf seltsame Weise,
poröse Pollen schwappen wie Treibgut an uns heran

— während :ch übe   eine Spinne   zu tragen:

unwissend   wie viel Raum
zwischen m:einen Fingern   yhr gut tut,

flieht zzy,   bin :ch mit wenigen   Silben allein

nachts

weinen Steine

Regen   in m:ein Ohr
eine bestimmte wohlriechende Erdart

digitale Nervensysteme, queere Wa:lfamilien
durchstreifen m:ch, duften nach

— Heimweh? Rekursion.

:ch pulsiere, l:be uns ein.   lege uns behutsam
in Existenzen,   Kybernetik 2. Ordnung?

vergessen Neon,   fremdes Korn —

Körper taumeln   in Körper
sind einander eng

Codes biegen sich   am Morgen noch
leichter als Wimpern

zeigt m:r, Wind,   wie yhr durch Kehlen weht
greift in uns ein —   und w:r sind alles   was zzy

— ˈraŋkn̩

ein warmes Licht   berührt alle   Pflanz:n
knistern   zz:rren   aufbrechen   kriechen

mit der Zunge   eines Härchens gleiten
pelzig   l:kken

Kopf und Brust   in einem Stück

die Betten räumen,   um keine Geister zu schlucken.
störrisch laufen die gegen jede Wand,

als sei zzy Moos? — zzy ist Moos! Wände sind
moosbewachsene   verstreute Felsen —

jeder Felsen   ein endlos von der Erde
gesprochenes Wort   — so lehrt es der Ressourcenrat,

der fordert, weiter Nahrung zu sparen.
denn Modelle von Regen machen uns nicht nass.

gemeinsam bilden w:r Bündel — erdgebunden:e
enɛrˈgiːən als Refugium,   Reservoir

kleiner Finger
weicher Schlüssel   alle Türen zu öffnen —

wenn w:r Trinkwasser   aus dem Himmel filtern
brechen Hügel und Tal   in singende Pause

Fixpunkte flirren, tsɪrkuˈliːrən.   ein Sehfehler.

Wind sträubt m:r den Sinn. unser Haar wuchert —
wohin können w:r uns bringen?

— ob diese Sterne wohl Teile von uns sind?
duldsam, wie Erbsen kullern zzy in m:ein Blickfeld,

tragen schützend Alfabete im Schoß.

bəˈgɪnən noch einmal mit Konsonanten, Vokalen — mit mma
ma, matter, madre, mutter, moeder, modder, moder, matsch

Materie — einer mächtigen, achtsamen Arbeit.

beginnen mit der Öffnung des Selbsts   bis zur Schale
dem Körper   als m:r nahster Geografie.

listen die Pixel   unserer Materialien: Bohnen, Kunststoffe,
Hormone, Harz — w:r mixen die Anteile,   um zu überleben:

Unterarme vergraben   was w:r vergraben   wird Samen
Samen zu Wesen   Stauraum für Wärme   Begehren

Begehren wächst   im Dunkeln   leuchtende Dinge
leuchten nur   wenn Dunkles   zzy umringt

7

NACH 2300? UNBESTIMMTE ZEIT

Rituale

We are volcanoes - when we women offer our experience as our truth, as human truth, all the maps change. There are new mountains. That's what I want — to hear you erupting.

URSULA K. LE GUIN

Please, be enchanted. It could safe us. Read all these words aloud, together, and mean them.

SO MAYER

Listening is Survival.

PAULINE OLIVEROS

welches Weichsein darf :ch berühren?

Narben d:einer Stürze
Vulva hohle Hand

in der Welt sein mit der Welt sein
selbst wenn :ch nicht weiß was

mit yr anfangen

das innere Flirren seicht besachten
die rechteckigen Augen probieren

mit beiden Seiten der Fühler
zeichne :ch Kreise in Silicaschrift

wie w:r es üben freihändig zu hängen
ein fragender Zeiger an der Felswand ˈtsaɪ̯t

dieser Körper war mal fürs Sterben gemacht

wenn ein Rabe m:r erlaubt zzeinen Rücken zu streifen
nehm :ch die Einladung an

schon immer wird är ein Stück ˈtsu:kʊnft flüstern
ob zzeine Krallen kennen das Zentrum der Erde

überfliegen

die menschlichen Maße die Anomalie

ein Torfbau   ohne Fenster   bin :ch
Schmetterling   aus Kieferknochen   und Zähnen

erzähl das Dunkel
werd langsam Finger   Puls   wenn etwas   erwacht

:ch   die w:r viele sind   ungleich sein wollen
w:r   die w:r tasten   um zu verstehen

hier sind Sheila   alles muss in den Mund

an hohen Lavafelsen warten   Mulden auf uns   Moos Oden
ein von Elfen genährtes Instrument?

begehren diese Felsen

unser Körper bringt Zartheit   in ynen zum Vorschein
zzy   verleihen uns einen Hauch   von Bestand

Sheila lernt zzy zu bewandern
ɛɐ̯ˈʔɪnɐn   yre steinige Choreografie

wenn :ch zzy streichle   überschneiden sich unsre   Häute
Differenzen   rauen sich auf

wagen unbekannte:r Klang zu sein
Welle die balanciert anstupst den Verstand

richte m:ch

als samt:e Kalzit

wenn w:r ɪns ˈflʊsɛnə gehen
zu l:bn mit Seiwal:n der Sedna

weiten die Beckenkämme
leise mitgehen flippen

bis Wasser uns faltet in zzeine Taschen
und mit uns ein Wissen dass Landsinne sich nur langsam verwaschen

hier unten sind w:r Gehörsand Lilith
re-positionieren die Otolithen

w:r heben und senken den Brustkorb in Tiden
über uns Wassertiefen Schichten von Himmel

und das Lied ein Körper der zɪŋt

:ch wache auf in der Natur die :ch bin und achte
die Natur die du bist w:r

spüren d:ein Zittern Krake
schreiben neue Zustände ins Erbgut ein :ch

beweg m:ch wie 'la:va Fische
die vor yr flüchten in eine gefährliche Berührung

tauche :ch ein

denn ein Stein muss sich als Stein wiederholen
um Stein zu sein

Nase am Gelenk entlang farn
guck in die Kuppen Tundra

:ch stiebe auf

nicht fest halten nein bloß
w:ttern den Drang der unsren Namen ruft

Polarfuchs

da ist Wildnis in m:r

aɪ̯n ˈkratsn̩ an der Innenseite
kein Zuhaus

w:r sind ˈdʊrçlasn̩ riechen
genug Allesesser

Sterne als Narben unserer Ahnen
Intimität als Nicht-Wissen Widerstand

Licht ist magisch und alle bekommen eine Suppe
Regentropfen groß wie Sommervögel

Krías Bekassine mit ynen wiehernd flieg :ch

tief

zwischen Moosen durchnässten Polen ist alles zʊmpf
ununterscheidbar was Fluss was Boden

schmiegsam arktischer Thymian Rauschbeeren
Schaumkronen rabenweise Geschlechter

nah der Gischt
wachsen m:r Schweißflügel am Rücken

die Krías führen lassen die Kristalle sich richten

gradlinig fallen w:r in den Schatten des Atlantiks

ein ˈraʊ̯əs Kehlchen stimmt habe Federn sanfte:r Fisch
Jahrhunderte was ein Körper ist

neue Erde   an manchen Tagen   atmet zzy
unter uns   frei

feiert mit uns   in Klumpen

als scharfkantig:e Brocken   feinkörnig glasig:e Gefüge

haben w:r uns erfunden   ohne Modell

w:r sind der vermeintlich:e Fehler   unzähmbar:e Glitch
w:r sind Erfahrung   das feste Gebiss

w:r glühen   ʊnt ˈbɛrstn̩   viːɐ̯ ˈbrɛnən   füreinander

beständig   ändern w:r   alle K:arten

ge:hören zu   Ozeanen   Geröll und Vulkanen

w:r sind Lava   unkontrollierbar
flüssig blubbernde:r   Stein   je tiefer

unsere Verbindung   desto mehr   können w:r sein

1: to do

→ 4: Zitat von Renee Gladman, aus dem Interview *Language and Landscape* mit Zack Friedman für BOMB Magazin, Dez. 2011, https://bombmagazine.org/articles/language-and-landscape-renee-gladman/

2: Kleine Energien

→ 8: Zitat von Scott F. Gilbert, aus seinem Vortrag *We Are All Lichens: How symbiosis theory is reconfiguring critical biological boundaries* im Rahmen der Konferenz *Boundaries of the Human in the Age of the Life Sciences*, https://sites.psu.edu/iahboundaries/scott-gilbert/

→ Der Zyklus *Kleine Energien* zitiert und variiert Verse aus dem Gedicht *Ein paar Notizen aus dem Elbholz* von Nicolas Born, in: Axel Kahrs (Hg.): *unter Freunden*, Wallstein 2017.

3: Wasser werden, Wal

→ 20: Zitat von Julien J. Bismuth, aus: *Pages*. Motto Books 2013.

Zitat von Donna J. Haraway, aus: *Staying with the Trouble. Making Kin in the Chthulucene*, Duke Press 2016.

Zitat von Jeannette C. Armstrong, aus: R. Boelens, M. Chiba and D. Nakashima (Hg.): *Water is Siwlkw*, in: *Water and Indigenous Peoples. Knowledges of Nature 2*, UNESCO 2006.

→ 25: Vers 12, 13, 14 + 21 mit Jeannette C. Armstrong (ebd.).

→ 25: Inspiriert von Astrida Neimanis: *Bodies of Water: Posthuman Feminist Phenomenology*, Bloomsbury Academic 2017.

→ 26: Vers 4 + 11 mit Ursula K. Le Guin: *The Carrier Bag Theory of Fiction*, Ignota Books 2020.

4: bergen

→ 32: Zitat von Fred Moten, aus seiner Lecture Performance im Rahmen von *An Evening of Scores* präsentiert am 16.11.19 im Grünen Salon der Volksbühne Berlin.

→ Zitat von Paul B. Preciado, aus: *An Apartment on Uranus*, Fitzcarraldo Editions 2020.

→ 37: Vers 5, 7 + 9 mit Judith Schalansky, aus: *Verzeichnis einiger Verluste*, Suhrkamp 2018.

→ 39: Vers 6 + 7 mit Georg Diezs Essay *Die neue Verrohung*, in: Zeit online https://www.zeit.de/kultur/2022-07/moral-moralisierung-werte-oeffentliche-debatten

→ 42: Vers 1, 7 + 9: Zitate von Yevgeniy Breyger, aus: *Königreiche*, in: *Gestohlene Luft*, kookbooks 2020, Vers 10 + 12 mit Eric Ellingsen, aus dem bisher unveröffentlichten Gedicht *Lines that arrive out of nowhere for LP*, frei übersetzt von Rike Scheffler.

→ 44: Vers 8: Zitat von Sapphos Fragment Nr. 145, aus: *If not, Winter. Fragments of Sappho. Carson, Virago Press 2003.* Übersetzung ins Englische von Anne Carson, Virago Press 2003.

5: vom doppelten Tod

→ 58: Zitat von Anna L. Tsing, aus: *The Mushroom at the End of the World. On the Possibilities of Life in Capitalist Ruins (S. 28), Princeton University Press 2015.*

→ 59: Vers 25: Zitat von Inger Christensen, aus: *Das Schmetterlingstal. Ein Requiem*, nachgedichtet von Norbert Hummelt, Schreibheft 52.

6: Ankunft, pastell

→ 62: Zitat von SOPHIE, aus: *Oil of Every Pearl's Un-Insides*, MSMSMSM 2018.

→ Zitat von José Esteban Muñoz, aus: *Cruising Utopia. The Then and There of Queer Futurity*, NY University Press 2009.

→ 62 + 74: Vers 1, 2 + 5: Zitate von Adrienne Rich, aus: *Your Native Land, Your Life*, W. W. Norton 1986.

→ 74: Vers 10 + 11 mit Nisha Ramayya, aus: *States of the Body Produced by Love*, Ignota Books 2019.

7: Rituale

→ 78: Zitat von Ursula K. Le Guin, aus: *Dancing At The Edge of the World: Thoughts on Words, Women, Places*, Harper & Row 1989.

Zitat von So Mayer, aus: Sarah Shin and Rebecca Tamás (Hg.), *Spells. 21st Century Occult Poetry*, Ignota Booka 2019.

Zitat von Pauline Oliveros, aus: *Deep Listening: A Composer's Sound Practice*, iUniverse 2005.

→ 83: Vers 13 mit Eloise Sweetman, aus: *Curational Feelings*, Shimmer Press 2021.

→ 84: Vers 13 mit Gertrude Stein, aus: *Lifting Belly*, Naiad Press 1989, frei übersetzt von Rike Scheffler.

→ 85: Vers 1 + 2 mit Arundhati Roy, aus: David Barsamian & Arundhati Roy, *The Checkbook and the Cruise Missile: Conversations with Arundhati Roy: Interviews*, South End Press 2004.

→ Vers 6 mit Legacy Russell, aus: *Glitch Feminism. A Manifesto*, Verso 2020.

→ Farbvisuals der Aufkleber gestaltet von Rike Scheffler in Kollaboration mit Midjourney KI. Grafische Antworten in Schwarz-Weiß von Andreas Töpfer mit Midjourney KI und PS. Cover 3D-Scan von Arna Beth, bearbeitet von Andreas Töpfer.

Die Autor:in dankt dem Deutschen Literaturfonds, der VG Wort, dem Künstlerhaus Wewelsfleth, dem Reykjavík Writer-in-Residence-Programm des Goethe-Instituts sowie der Deutschen Akademie Villa Massimo Rom (Casa Baldi) für die Förderung ihrer Arbeit an diesem Buch.

Die Gedichte zu „Wasser werden, Wal“ entstanden im Rahmen des KOOK.MONO-Festivals 2018, gefördert von der Berliner Senatsverwaltung für Kultur und Europa.

Rike Scheffler ist Lyriker:in und Musiker:in. Sie studierte Psychologie in Berlin und Literarisches Schreiben am Deutschen Literaturinstitut in Leipzig. Ihr Gedichtband *der rest ist resonanz*, kookbooks 2014, wurde mit dem Orphil-Debütpreis ausgezeichnet. Stipendien erhielt sie u. a. vom Deutschen Literaturfonds, von der Stiftung Brandenburger Tor, der Akademie der Künste Berlin sowie der Deutschen Akademie Rom Villa Massimo in der Casa Baldi. Poesie ist für Scheffler Möglichkeitsraum, transformative Praxis. Häufig entwickelt sie aus ihren Gedichten Performances und immersive Wort- und Sound-Installationen. Scheffler tritt rund um den Globus auf, kollaboriert mit Ólafur Elíassons Institut für Raumexperimente und präsentierte ihre Werke bisher u. a. in der Neuen Nationalgalerie, im Hamburger Bahnhof Berlin, im Kopenhagener Louisiana Museum of Modern Art und im Palais de Tokyo Paris.

Foto: © Gunnlöð Jóna

978-3-937445- **KOOKBOOKS REIHE LYRIK**

00-7 Daniel Falb **die räumung dieser parks**
03-8 Steffen Popp **Wie Alpen**
04-5 Ron Winkler **vereinzelt Passanten**
14-4 Gerhard Falkner **Gegensprechstadt – ground zero +** CD Music by David Moss
16-8 Uljana Wolf **kochanie ich habe brot gekauft**
18-2 Hendrik Jackson **Dunkelströme**
22-9 Tom Schulz **Vergeuden, den Tag**
23-6 Monika Rinck **zum fernbleiben der umarmung**
27-4 Christian Schloyer **spiel·ur·meere**
29-8 Sabine Scho **Album**
30-4 Christian Hawkey **Reisen in Ziegengeschwindigkeit**
34-2 Sabine Scho **farben**
35-9 Steffen Popp **Kolonie Zur Sonne**
37-3 Monika Rinck **Helle Verwirrung & Rincks Ding- und Tierleben**
38-0 Uljana Wolf **falsche freunde**
39-7 Daniel Falb **BANCOR**
41-0 Martina Hefter **Nach den Diskotheken**
42-7 Matthea Harvey **Du kennst das auch**
43-4 Alexej Parschtschikow **Erdöl**
44-1 Alexander Gumz **ausrücken mit modellen**
45-8 Mathias Traxler **You're welcome**
46-5 Daniela Seel **ich kann diese stelle nicht wiederfinden**
47-2 Michael Palmer **Gegenschein**
49-6 Monika Rinck **Honigprotokolle**
50-2 Dagmara Kraus **kummerang**
51-9 Gerhard Falkner **Pergamon Poems +** DVD 5 Gedicht-Clips von C. Lieb & F. v. Boehm
52-6 Hendrik Jackson **Im Licht der Prophezeiungen**
53-3 Christian Hawkey / Uljana Wolf **SONNE FROM ORT**
54-0 Steffen Popp **Dickicht mit Reden und Augen**
55-7 Martina Hefter **Vom Gehen und Stehen. Ein Handbuch**
56-4 Tristan Marquardt **das amortisiert sich nicht**
57-1 Uljana Wolf **meine schönste lengevitch**
60-1 Ulf Stolterfoht **neu-jerusalem**
61-8 Katharina Schultens **gorgos portfolio**
62-5 Karla Reimert **Picknick mit schwarzen Bienen**
63-2 Farhad Showghi **In verbrachter Zeit**
65-6 Rike Scheffler **der rest ist resonanz**
66-3 Linus Westheuser **oh schwerkraft**
67-0 Rozalie Hirs **gestammelte werke**
69-4 Sonja vom Brocke **Venice singt**
70-0 Dagmara Kraus **das vogelmot schlich mit geknickter schnute** zweiundzwanzig elfzeiler
71-7 Daniel Falb **CEK**
72-4 Christian Filips / Monika Rinck / Franz Tröger **Lieder für die letzte Runde** CD
73-1 Daniela Seel **was weißt du schon von prärie**
75-5 **mehr als pullover borgen** Anthologie Finnisch–Deutsch
77-9 Martina Hefter **Ungeheuer.** Stücke / Gedichte
78-6 Yevgeniy Breyger **flüchtige monde**
81-6 Birgit Kreipe **SOMA**
80-9 Anja Bayer, Daniela Seel (Hg.) **Lyrik im Anthropozän** Anthologie
82-3 Cia Rinne **zaroum / notes for soloists / l'usage du mot**
83-0 Eugene Ostashevsky **Der Pirat, der von Pi den Wert nicht kennt**
84-7 Steffen Popp **118**
85-4 Mette Moestrup **Stirb, Lüge, stirb**
86-1 Alexander Gumz **barbaren erwarten**
87-8 Farhad Showghi **Wolkenflug spielt Zerreißprobe**
88-5 Katharina Schultens **untoter Schwan**
90-8 Martina Hefter **Es könnte auch schön werden** Gedichte/Sprechtexte
91-5 Hendrik Jackson **Panikraum**
92-2 Susanne Schulte, Daniela Seel (Hg.) **Sibyllen & Propheten Triggerpunkte tom Ring**
93-9 Ulf Stolterfoht **fachsprachen XXXVII – XLV**
94-6 Christiane Heidrich **Spliss**
95-3 Tristan Marquardt **scrollen in tiefsee**
96-0 Monika Rinck **Alle Türen**
97-7 Georg Leß **die Hohlhandmusikalität**
98-4 Daniel Falb **Orchidee und Technofossil**
99-1 Athena Farrokhzad **Bleiweiß**

978-3-948336-

00-4 Charlotte Warsen **Plage**
01-1 Dagmara Kraus **liedvoll, deutschyzno**
04-2 Verena Stauffer **Ousia**
05-9 Ulf Stolterfoht **fachsprachen XLVI–LIV**
06-6 Sonja vom Brocke **Mush**
08-0 Yevgeniy Breyger **Gestohlene Luft**
09-7 Karla Reimert **Camp Zenith**
10-3 Martina Hefter **In die Wälder gehen, Holz für ein Bett klauen** Gedichte
11-0 Birgit Kreipe **aire** Gedichte
13- 4 Farhad Showghi **Anlegestellen für Helligkeiten**
14-1 Rike Scheffler **Lava. Rituale**
16-5 Sibylla Vričić Hausmann **meine Faust**
17-2 Reinhard Reich **shamen. ein rosenkranz**
18-9 Yevgeniy Breyger **Frieden ohne Krieg**
19-6 Sandra Burkhardt **Fragmente einer echten Ikone** Petrarca-Variationen
20-2 Daniel Falb **Deutschland. Ein Weltmärchen** (in leichter Sprache)

Reihe Lyrik Band 78 | 1. Auflage 2023 © kookbooks, Berlin | Alle Rechte vorbehalten
Gestaltung: Andreas Töpfer | Gesetzt aus der Noto Sans, Noto Serif und der Akzidenz Grotesk Next
Druck & Bindung: Livonia Print, Riga | Printed in Latvia | 978-3-948336-14-1